JN038983

猫を棄てる

父親について語るとき

村上春樹

絵・高妍

文藝春秋

猫を棄てる

父親について語るとき

取扱注意

装画・挿絵　高妍（Gao Yan）
装丁　大久保明子

目次

父親に関して覚えていること。

もちろん父に関して覚えていることはたくさんある。なにしろこの世に生を受けてから、十八歳になって家を離れるまで親子として、それほど広くもない家の中で、ひとつ屋根の下で、当然のこととして毎日起居を共にしていたのだから。僕と父の間には——おそらく世の中のたいていの親子関係がそうであるように——楽しいこともあれば、それほど愉快ではないこともあった。でも今でもいちばんありありと僕の脳裏に蘇ってくるのは、なぜかそのどちらでもない、とても平凡な日常のありふれた光景だ。

たとえばこんなことがあった。

我々が夙川《しゅくがわ》（兵庫県西宮市）の家に住んでいる頃、海辺に一匹の猫を棄てに行ったことがある。子猫ではなく、もう大きくなった雌猫だった。どうしてそんな大きな猫を棄てに行ったりしたのか、よく覚えていない。我々が住んでいたのは庭のある一軒家だったし、猫を飼うくらいのスペースはじゅうぶんあったからだ。あるいはうちにいついた野良猫のお腹が大きくなってきて、その子供の面倒まではみられないと親は考えたのかもしれない。でもそのあたりの記憶は定かではない。いずれにせよ当時は、猫を棄てたりすることは、今に比べればわりに当たり前の出来事であり、とくに世間からうしろ指を差されるような行為ではなかった。猫にわざわざ避妊手術を受けさせるなんて、誰も思いつかないような時代だったから。僕はまだ小学校の低学年だったと思う。おそら

く昭和30年代の初めだったろう。うちの近くには、戦争中に米軍の爆撃を受けて廃墟になったままの銀行の建物がまだ残されていた。まだ戦争の爪痕が残っていた時代だ。

ともあれ父と僕はある夏の午後、海岸にその雌猫を棄てに行った。父が自転車を漕ぎ、僕が後ろに乗って猫を入れた箱を持っていた。夙川沿いに香櫨園《こうろえん》の浜まで行って、猫を入れた箱を防風林に置いて、あとも見ずにさっさとうちに帰ってきた。うちと浜とのあいだにはたぶん二キロくらいの距離はあったと思う。当時はまだ海は埋め立てられてはおらず、香櫨園の浜は賑やかな海水浴場になっていた。海はきれいで、夏休みにはほとんど毎日のように、僕は友だちと一緒にその浜に泳ぎに行った。子供たちが勝手に海に泳ぎに行くことを、当時の親たちはほとんど気にもしなかったようだ。だから僕らは自然に、いくらでも泳げるようになった。夙川にはたくさんの魚がいた。河口で立派な鰻を一匹捕まえたこともある。

とにかく父と僕は香櫨園の浜に猫を置いて、さよならを言い、自転車でうちに帰ってきた。そして自転車を降りて、「かわいそうやけど、まあしょうがなかったもんな」という感じで玄関の戸をがらりと開けると、さっき棄ててきたはずの猫が「にゃあ」と言って、尻尾を立てて愛想良く僕らを出迎えた。先回りして、とっくに家に帰っていたのだ。どうしてそんなに素速く戻ってこられたのか、僕にはとても理解できなかった。なにしろ僕らは自転車でまっすぐ帰宅したのだから。父にもそれは理解できなかった。だからしばらくのあいだ、二人で言葉を失っていた。

そのときの父の呆然とした顔をまだよく覚えている。でもその呆然とした顔は、やがて感心した表情に変わり、そして最後にはいくらかほっとしたような顔になった。そして結局それからもその猫を飼い続けることになった。そこまでしてうちに帰ってきたんだから、まあ飼わざるを得ないだろう、という諦めの心境で。

うちにはいつも猫がいた。僕らはそれらの猫たちとうまく、仲良く暮らしていたと思う。そして猫たちはいつも僕の素晴らしい友だちだった。兄弟を持たなかったので、猫と本が僕のいちばん大事な仲間だった。縁側で（その時代の家にはたいてい縁側がついていた）猫と一緒にひなたぼっこをするのが大好きだった。なのにどうしてその猫を海岸に棄てに行かなくてはならなかったのだろう？　なぜ僕はそのことに対して異議を唱えなかったのだろう？　それは――猫が僕らより早く帰宅していたことと並んで――今でも僕にとってのひとつの謎になっている。

もうひとつ父に関してよく覚えていること（ちなみに村上千秋《ちあき》というのが父の名前だ）。

それは毎朝、朝食をとる前に、彼が仏壇に向かって長い時間、目を閉じて熱心にお経を唱えていたことだ。いや、仏壇というのではない。菩薩を収めたガラスの小さなケースだった。美しく細かく彫られた小さな菩薩が、円筒形のガラス・ケースの中央に収まっていた。それがその後どうなったのか、僕は知らない。父親が亡くなったあと、その菩薩を目にしたことはない。いつの間にかどこかに消えてしまったようだ。そして今となっては、記憶の中に残っているだけだ。父はどうしてちゃんとした普通の仏壇にではなく、そんな小さなガラス・ケースに向かって毎朝お経を唱えていたのだろう？　それも僕にはわからないことのひとつだ。

しかしいずれにせよ、それは父親にとって一日の始まりを意味する大事な習慣になっていた。僕の知る限り一日たりともその「おつとめ」（と父は呼んでいた）を怠《おこた》らなかったし、誰にもその日々の行いを妨げることはできなかった。そして父の背中には、簡単には声をかけがたいような厳しい雰囲気が漂っていた。そこには「日々の習慣」というような簡単な言葉では片付けられない、普通ではない——と僕には思えた——強い集中があった。

子供の頃、一度彼に尋ねたことがあった。誰のためにお経を唱えているのかと。彼は言った。前の戦争で死んでいった人たちのためだと。そこで亡くなった仲間の兵隊や、当時は敵であった中国の人たちのためだと。父はそれ以上の説明をしなかったし、僕はそれ以上の質問をしなかった。おそらくそこには、僕にそれ以上の質問を続けさせない何かが——場の空気のようなものが——あったのだと思う。しかし父自身がそれをはばんでいたわけではなかったという気がする。もし尋ねていれば、何かを説明してくれたのではあるまいか。でも僕は尋ねなかった。おそらくむしろ僕自身の中に、そうすることを阻む何かがあったのだろう。

父についてひととおり説明をしておかなくてはならない。父は京都市左京区粟田口にある「安養寺」という浄土宗のお寺の次男として、大正6年（1917年）12月1日に生を受けた。おそらくは不運としか言いようのない世代だ。物心ついたときには、束の間の平和な時代、大正デモクラシーは既に終わりを

告げ、昭和のどんよりと暗い経済不況へ、そしてやがて始まる泥沼の対中戦争、悲劇的な第二次世界大戦へと巻き込まれていく。そして戦後の巨大な混乱と貧困を、懸命に必死に生き延びていかなくてはならなかった。そんな不運きわまりない世代のささやかな一角を、父は人並みに担うことになる。

彼の父親、つまり僕の祖父にあたる村上弁識《べんしき》はもともとは愛知県の農家の息子だったのだが、長男以外の男の子のひとつの身の振り方として、近くの寺に修行僧として出された。彼はそこそこに優秀な子供であったようで、あちこちの寺で小僧や見習い僧として修行を積んだ末に、やがて京都の安養寺に住職として迎えられることになった。安養寺は檀家《だんか》を四、五百軒は持つ、京都としてはかなり大きなお寺だから、なかなかの出世と言ってかまわないだろう。

高濱虚子がこの寺を訪れたときに詠んだ句に

「山門のぺんぺん草や安養寺」

というのがある。

僕は阪神間で育ったので、父親の実家であるその京都のお寺を訪ねる機会は限られていたし、祖父は僕がまだ小さいうちに亡くなってしまったので、彼のことはそれほどはっきりとは記憶していない。しかしどうやらかなり自由闊達《かったつ》なタイプの人物であり、豪快に酒を飲み、また酔っ払うことで名を馳《は》せていたようだ。名前の通り弁も立ち、僧侶としてはそれなりに有能な人であり、人望もあったらしい。僕の覚えている限りでは、一見して豪放磊落《らいらく》、一種カリスマ的な要素を持ち合わせていた。大きなよくとおる声で話していたことを記憶している。

彼は六人の息子をもうけ（女子は一人もいなかった）、元気よく人生を生きてきたが、１９５８年8月25日の朝、8時50分頃に京都（御陵《みささぎ》）と大津を結ぶ京津線《けいしん》の山田踏切りを横断しようとして、電車にはねられて死んだ。東山区山科北花山山田町（当時の住所）にある警手のいない踏切りだった。ちょうど大きな台風が近畿地方を襲った日で（その日、東海道線も一部不通になった）、激しい雨が降っていて、祖父は傘を差しており、カーブを曲がってやってくる電車の姿が見えなかったのだろう。耳も少し悪かったようだ。僕はなぜか祖父が死んだのは台風の夜中で、檀家を訪れた帰り道でたぶん少し酒も入っていたというように記憶していたのだが、当時の新聞記事を調べてみると、話はまったく違っている。

祖父が亡くなったという報を受けた夜、夙川の家から急いで京都に向かおうとする父にすがるように、母が泣いて頼んでいたことを覚えている。「京都のお寺を継ぐことだけは、きちんと断ってくださいね」と。そのとき九歳だったが、その情景は僕の脳裏にまだはっきり焼き付いている。まるで昔映画館で見た白黒映画の、印象的な一場面のように。父親の顔には表情がなく、ただじっと黙して肯くだけだった。具体的なことは何も言わなかったが（少なくとも僕は何も耳にしなかったが）、そのときには父の腹は決まっていたのだと思う。そういう気配が感じられた。

前にも述べたように、父親の兄弟は六人とも男だった。うち三人は兵隊にとられたが、奇跡的にというべきか、幸運なことにというべきか、全員が大した怪我もなく無事に終戦を迎えることができた。一人はビルマの戦線で生死の境をさまよい、一人は予科練《よかれん》特攻隊の生き残りであり、父は父であやうく九死に一生を得た身だったが（その事情についてはあとで記す）、それでもなんとか全員、命だけはとりとめた。そして僕の知る限り、六人の子供たちのおおかたが、多少なりとも僧侶としての資格を持っていた。子供たちはみんなそういう教育を受けさせられていたのだ。ちなみに僕の父は「少僧都《しょうそうず》」という位を得ていた。僧侶の位としてはだいたい中の下、兵隊でいえば少尉くらいに相当するらしい。夏のお盆の時期になると、兄弟がみんな京都に集まって泊まり込み、手分けして檀家回りをするのが習慣になっていた。そして夜になるとみんなで集まって大いに酒を飲んだ。どうやら酒の好きな血筋だったようだ。僕もその時期何度か父について京都に行ったが、真夏の京都の暑さにはとにかく閉口させられた。法衣をまとって自転車や徒歩で檀家回りをするのは、ずいぶん過酷な作業であったはずだ。

だから祖父の弁識が亡くなったとき、誰がお寺のあとを継ぐかが大きな、切実な問題になったわけだ。子供たちのほとんどはもうそれぞれの家庭を築いていたし、それぞれの職業を持っていた。正直なところ、祖父がそんなに早くあっさりと亡くなってしまうとは誰も予想していなかったし、文字通り寝耳に水の話だった。死んだとき祖父は七十歳になっていたが、元気でぴんぴんしていたし、まだ当分は死にそうには見えなかったからだ。台風の朝に路面電車にはねられたりしなければ……ということだが。

祖父の死後、六人の兄弟のあいだでどのような話し合いがあったのか、僕は知らない。長男は大阪の税務署に勤めて係長にまでなっていたし、次男である僕の父は阪神間にある、甲陽学院という中高一貫私立校で国語の教師をしていた。あとの兄弟はやはり教師をしていたり、あるいはまた仏教系大学に通ったりしていた。六人兄弟のうちの二人は養子になって姓を変えていた。いずれにせよその話し合いでは最後まで、「それでは自分が寺を継ぎましょう」と名乗り出るものはいなかった。京都のそれなりに大きなお寺を継ぐというのは生半可なことではないし、家族にも大きな負担がかかる。みんなそのことはよく知っている。そして残された祖母はしっかりしているというか、かなり厳しい性格で、奥さんが嫁として仕えるのはどう見ても簡単ではなさそうだった。おまけに僕の母親は大阪の船場《せんば》の古い商家（戦争中の爆撃で焼けてしまったが）の長女として育った、それなりに派手好きの人だったから、どう考えても京都のお寺の嫁には向かない。育った文化背景が違いすぎる。それだけはやめてほしいと、父に泣いてすがったのも無理はないだろう。

そしてこれはあくまで僕の勝手な推測に過ぎないのだが、僕の父が住職の座を継ぐのがいちばん妥当だろう、というのが口にはされないけれど曖昧な総意として、あるいは家族全体のそこはかとない期待として、まわりにあったような気がする。祖父が亡くなった夜に、僕の母が父に泣いて頼んでいた口調の必死さを思い出すと、そういう気がしてならない。長男である――つまり僕の伯父にあたる――村上四明《しめい》にはもともと獣医になりたいという希望があったらしい。いろいろあって結局、戦争のあと税務署に勤めるようになるのだが、少な

くとも早い段階から僧侶になるつもりはあまりなかったようだ。

僕の父親は、息子である僕の目から見ればということだが、本質的には真面目で、それなりに責任感の強い人だった。家庭内ではときどき、特に酒が入るとかなり気難しく、陰気になることがあったが、普段は健全なユーモアの感覚を持ち合わせていた。人前で話をするのも得意だった。いろんな意味合いで、たぶん僧侶に向いていただろうと思う。祖父の豪放磊落な側面はあまり引き継がなかったが（どちらかといえば神経質な方だったと思う）、温厚な見かけと物言いで、人に安心感を与えることができた。自然な信仰心のようなものも持っていた。自分でもそのことは——自分の性格がおおむね僧侶に向いていることは——わかっていたと思う。

本人はもともと大学院に残って学者になることが希望だったが、それがだめなら僧侶としての道を進むことも頭にあったのではないか、たぶん独り身であれば、彼は自分が住職を継ぐことにそれほどの抵抗感は持たなかったのではないかと、僕は推測している。しかしそのときの彼には護《まも》らなくてはならないものがあった——自分のささやかな家庭だ。その話し合いの場での父の苦渋の表情が目に浮かぶようだ。

しかし最終的には長男である、つまり僕の伯父にあたる村上四明が税務署の職を辞して、家族とともに寺に入り、住職として安養寺を継ぐことになった。そしてその息子である、つまり僕の従兄弟の純一くんが、現在は住職としてそのあとを継いでいる。父の兄弟六人は、父をも含めて全員がもう亡くなってしまった。最後の叔父が——予科練帰りの叔父だが——亡くなったのはつい何年か前のことだ。京都の通りで右翼の街宣車を見かけると、「おまえらはほんまの戦争を知らんから、そうやって勝手なことを言いよるけどなあ……」と若者に説教をするような人だった。

純一くんの話によれば、結局は四明さんが長男であることの責任を引き受け、あるいは運命に従い、安養寺の住職の座につくことを了承した。というか、了承せざるを得なかったということらしい。当時は檀家の力も今よりずっと強く、勝手なことは許さないという空気もあったのだろう。

父は小さい頃、奈良のどこかのお寺に小僧として出されたらしい。おそらくはそこの養子になる含みを持って。でもそのときのことを父は、一度も僕に話さなかった。父はもともと自分の生い立ちみたいなことについて多くを語る人ではなかったが、とくにその出来事については僕に、あるいは誰にも語りたくなかったのかもしれない。そういう気がする。僕がその話を聞かされたのは、従兄弟の純一くんからだった。

祖父の弁識がそうであったように、子供が多い場合、長子以外の子供たちを口減らしに養子に出すか、あるいはどこかのお寺に見習いの小僧として預けるのは、当時それほど珍しいことではなかった。しかし奈良のどこかのお寺にやられてから、しばらくして父は京都に戻されてきた。寒さのために健康を害したというのがその表向きの理由だが、新しい環境にうまく馴染めなかったということも大きかったようだ。実家に戻されてきた父は、それからあとはどこにやられることもなく、安養寺で両親の子供として普通に育てられた。しかしその体験は父の少年時代の心の傷として、ある程度深く残っていたように僕には感じられる。どこがどういう具体的な根拠はないのだが、そういう雰囲気のようなものが父にはあった。

浜に棄ててきたはずの猫が僕らより先に帰宅していたのを目にして、父の呆然とした顔がやがて感心した顔になり、そしてほっとしたような顔になったときの様子を、ふと思いだしてしまう。

僕にはそういう体験はない。僕はごく当たり前の家庭の一人っ子として、比較的大事に育てられた。だから親に「捨てられる」という一時的な体験がどのような心の傷を子供にもたらすものなのか、具体的に感情的に理解することはできない。ただ頭で「こういうものだろう」と想像するしかない。しかしその種の記憶はおそらく目に見えぬ傷跡となって、その深さや形状を変えながらも、死ぬまでつきまとうのではないだろうか？

フランスの映画監督、フランソワ・トリュフォーの伝記を読んだとき、トリュフォーもまた幼少の頃に両親から離され（ほとんど邪魔なものとして放棄され）、よそに引き取られた経験があることを知った。そしてトリュフォーは生涯、「棄てられる」というひとつのモチーフを、作品を通して追求し続けることになった。人には、おそらくは誰にも多かれ少なかれ、忘れることのできない、そしてその実態を言葉ではうまく人に伝えることのできない重い体験があり、それを十全に語りきることのできないまま生きて、そして死んでいくものなのだろう。

京都の浄土宗の寺院は知恩院派と西山《せいざん》派に分かれており、蹴上《けあげ》の安養寺は西山派に属していた。というか正確にいえば、浄土宗西山派は浄土宗知恩院派とは別の、独立した教義を持つ教団としてとらえた方がいいかもしれない（その

THIS WAY UP
取扱
注意

教義の違いを言葉で説明することは専門家にさえ、かなりむずかしいということだが)。西山専門学校は長岡京市の光明寺に付属した学校で、現在は京都西山短期大学と名前を変え、いくつかのコースを有しているが、かつては仏教の学習を専門とする教育機関だった。お寺の住職になるためには、ここで専門教育を受け、隣接する光明寺で三週間にわたる修行をし(そこには寒い季節に一日三度、頭から冷水をかぶることも含まれている)、僧侶としてのしかるべき資格を取らなければならない。

僕の父は1936年に旧制東山中学校を卒業し、十八歳で西山専門学校に入った。本人がどのような進路を希望していたのかはわからないが、寺の息子として、それ以外の選択肢はあり得なかったようだ。したがって、そこを卒業するまでの四年間、徴兵猶予《ちょうへいゆうよ》を受ける権利を有していたのだが、正式に事務手続きをすることを忘れていた（と本人は言っていた）。そのために1938年8月、二十歳のとき、学業の途中で徴兵されることになった。あくまで事務上の手違いなのだが、手続きがいったんそういう段階に入ってしまえばもう、「すみません、手違いでした」と言って修復のきくものではない。官僚組織、軍隊組織というのはそういうものだ。書式がすべてになる。

父が配属された部隊は第十六師団（伏見師団）に所属する歩兵第二十連隊（福知山）だった。福知山の連隊本部は今は、陸上自衛隊・第七普通科連隊の駐屯地になっており、門柱にはまだ「歩兵第二十聯隊《れんたい》」という看板がかかっている。旧軍時代の建物はほぼそのままのかたちで残され、今は「史料館」となっている。

第十六師団は歩兵第九連隊（京都）、歩兵第二十連隊（福知山）、歩兵第三十三連隊（三重県津）の三つの連隊を基幹として成り立っている。京都市内出身の父がどうして地元の第九連隊ではなく、遠方の福知山の部隊に入営することになったのか、そのへんの事情は不明だ。

……という風に僕はずっと理解していたのだが、調べてみると、実際には事情が違っていたようだ。父が所属したのは歩兵第二十連隊ではなく、同じ第十六師団に属する輜重《しちょう》兵第十六連隊だった。そしてこの連隊は福知山ではなく、京都市内の深草・伏見に駐屯する司令部に属している。それなのにどうして、父が所属したのは福知山の歩兵第二十連隊であると僕が思い込んでいたのか、その理由については後述する。

とにかくそのように、父が第二十連隊に所属していたと思い込んでいたせいで、僕は父の軍歴について詳しく調べるまでに、というか調べようと決心するまでに、けっこう長い期間がかかった。父親の死後五年ばかり、そうしなくてはと思いながら、なかなか調査に着手することができなかった。

どうしてか？

それは歩兵第二十連隊が、南京陥落のときに一番乗りをしたことで名を上げた部隊だったからだ。京都出身の部隊というと、なんとなくおっとりしていそうな印象があるのだが（実際よく「お公家さん部隊」と揶揄《やゆ》されていたようだ）、意外にもというか、この部隊の行動にはとかく血なまぐさい評判がついてまわった。ひょっとしたら父親がこの部隊の一員として、南京攻略戦に参加したのではないかという疑念を、僕は長いあいだ持っており、そのせいもあって彼の従軍記録を具体的に調べようという気持ちにはなかなかなれなかったのだ。また生前の父に直接、戦争中の話を詳しく訊こうという気持ちにもなれなかった。そして何も訊かないまま、そして何も語らないまま、父親は平成20年（2008年）8月に、方々に転移する癌と、重度の糖尿病のために九十歳にして、京都の西陣の病院で息を引き取った。数年にわたる闘病生活のために身体はかなり衰弱していたが、意識と記憶と言葉だけは最後までしっかりしていた。

父親が入営したのは1938年8月1日である。歩兵第二十連隊が、南京城攻略一番乗りで勇名を馳せたのはその前年、1937年の12月だから、父はすれすれ一年違いで南京戦には参加しなかったわけだ。そのことを知って、ふっと気がゆるんだというか、ひとつ重しが取れたような感覚があった。

第二十連隊は南京戦のあとも、中国各地で熾烈《しれつ》な戦いを続けている。翌年の5月には徐州を陥落させ、激しい戦闘の末に武漢を攻略し、敗軍を追って西進し、北支で休むことなく戦闘を続ける。

父は輜重兵第十六連隊の特務二等兵として、1938年10月3日に宇品《うじな》港を輸送船で出港し、同6日に上海に上陸している。そして上陸後は、歩兵第二十連隊と行軍を共にしていたようだ。陸軍戦時名簿によれば、主に補給・警備の任務にあたった他、河口鎮付近での追撃戦（10月25日）と、漢水の安陸攻略戦（翌年3月17日）、襄東会戦（4月30日から5月24日）に参加している。

足跡を追ってみると、すさまじい移動距離であることがわかる。ろくに機械化されておらず、燃料の十分な補給もままならない戦闘部隊――馬がほとんど唯一の動力だった――がこれだけの距離を進むのは大変な苦行だったに違いない。戦場では補給が追いつかず、糧食や弾薬が慢性的に不足し、衣服もぼろぼろになり、不衛生な環境でコレラを始めとする疫病が蔓延《まんえん》し、深刻な状況だったという。歯科医が不足していたために、兵士の多くは虫歯に悩まされた。日本の限られた国力で、広大な中国大陸を制圧することにはどだい無理がある。ひとつひとつの都市を武力で制圧することはできても、地域全体の占領状態を維持するのは現実的に不可能だ。

当時の第二十連隊の兵士たちの残した手記を読むと、彼らの置かれた状況の悲惨さがひしひしとうかがえる。そんな中で虐殺行為は残念ながらあったと率直に証言する人もいれば、そんなものはまったくなかった、ただのフィクションだと強く主張する人もいる。いずれにせよ、そのような血なまぐさい中国大陸の戦線に、二十歳の父は輜重兵として送り込まれている。ちなみに輜重兵というのは補給作業に携わり、主に軍馬の世話を専門とする兵隊のことだ。自動車や燃料が慢性的に不足していた当時の日本軍にとって、馬は重要な輸送手段だった。おそらくは兵隊なんかよりも大切な存在だった。輜重兵は基本として前線の戦闘には直接参加しないが、だから安全というわけではない。軽武装のために(多くは銃剣を携行するだけだった)、背後にまわった敵に襲撃され、甚大な被害を出すことも多くあった。

父は西山専門学校に入ってすぐに俳句に目覚め、同好会のようなところに入り、当時から多くの句を残している。今風にいえば俳句に「はまった」ようだ。兵隊の頃につくった句がいくつか、西山専門学校の俳句雑誌に掲載されている。たぶん戦地から学校に郵便で送ったのだろう。

「鳥渡るあああの先に故国《くに》がある」

「兵にして僧なり月に合掌す」

僕は俳句の専門家ではないので、これらの句がどの程度の出来のものなのか、そういう判断は手に余る。しかしこのような句を詠んでいる二十歳の文学青年の姿を想像するのは、それほどむずかしい作業ではない。これらの句を支えているのは詩的な技巧ではなく、どこまでも率直な心情だからだ。

彼は京都の山の中にある学校で僧になる勉強をしている。おそらくは誠実に勉強している。しかし事務上のちょっとした手違いで兵役にとられ、厳しい初年兵教育を受け、三八式歩兵銃を与えられ、輸送船に乗せられ、熾烈な戦いの続く中国戦線に送り込まれた。部隊は必死に抵抗する中国兵やゲリラを相手に、休む暇もなく転戦を繰り返している。平和な京都の山奥の寺とは何から何まで正反対の世界だ。そこには精神の大きな混乱があり、動揺があり、魂の激しい葛藤があったに違いない。そんな中で、父はただ俳句を静かに詠むことに慰めを見出していたようだ。平文で手紙に書けばすぐ検閲《けんえつ》にひっかかるようなことがらや心情も、俳句という形式——象徴的暗号と表現していいかもしれない——に託すことによって、より率直に正直に吐露することができる。それが彼にとっての唯一の、大切な逃げ場所になったのかもしれない。父はその後も長いあいだ俳句を詠み続けていた。

一度だけ父は僕に打ち明けるように、自分の属していた部隊が、捕虜にした中国兵を処刑したことがあると語った。どういう経緯で、どういう気持ちで、彼が僕にそのことを語ったのか、それはわからない。ずいぶん昔のことなので、前後のいきさつは不確かで、記憶は孤立している。僕は当時まだ小学校の低学年だった。父はそのときの処刑の様子を淡々と語った。中国兵は、自分が殺されるとわかっていても、騒ぎもせず、恐がりもせず、ただじっと目を閉じて静かにそこに座っていた。そして斬首された。実に見上げた態度だった、と父は言った。彼は斬殺されたその中国兵に対する敬意を――おそらくは死ぬときまで――深く抱き続けていたようだった。

同じ部隊の仲間の兵士が処刑を執行するのをただそばで見せられていたのか、あるいはもっと深く関与させられたのか、そのへんのところはわからない。僕の記憶が混濁しているのか、あるいは父がもともと曖昧な語り方をしたのか、今となっては確かめるすべもない。しかしいずれにしても、その出来事が彼の心に——兵であり僧であった彼の魂に——大きなしこりとなって残ったのは、確かなことのように思える。

この時期、中国大陸においては、殺人行為に慣れさせるために、初年兵や補充兵に命令し、捕虜となった中国兵を処刑させることは珍しくなかったようだ。吉田裕という方の書かれた『日本軍兵士』（中公新書）の中に次のような文章がある。

〈藤田茂は、一九三八年末から三九年にかけて、騎兵第二八連隊長として、連隊の将校全員に、「兵を戦場に慣れしむるためには殺人が早い方法である。すなわち度胸試しである。これには俘虜〔捕虜のこと〕を使用すればよい。四月には初年兵が補充される予定であるから、なるべく早くこの機会を作って初年兵を戦場に慣れしめ強くしなければならない」、「これには銃殺より刺殺が効果的である」と訓示したと回想している〉

無抵抗状態の捕虜を殺害することは、もちろん国際法に違反する非人道的な行為だが、当時の日本軍にとっては当たり前の発想であったようだ。だいいち捕虜をとってその世話をしているような余裕は、日本軍戦闘部隊にはなかった。1938年から1939年と言えば、ちょうど父が初年兵として中国大陸に送られていた時期であり、そのような行為を下級兵士たちが強制されていたとし

ても、決して不思議はない。それらの処刑の多くは銃剣による刺殺を用いて行われたようだが、そのときの殺害には軍刀が使われた、と父は言っていたと記憶している。

いずれにせよその父の回想は、軍刀で人の首がはねられる残忍な光景は、言うまでもなく幼い僕の心に強烈に焼きつけられることになった。ひとつの情景として、更に言うならひとつの疑似体験として。言い換えれば、父の心に長いあいだ重くのしかかってきたものを――現代の用語を借りればトラウマを――息子である僕が部分的に継承したということになるだろう。人の心の繋がりというのはそういうものだし、また歴史というのもそういうものなのだ。その本質は〈引き継ぎ〉という行為、あるいは儀式の中にある。その内容がどのように不快な、目を背けたくなるようなことであれ、人はそれを自らの一部として引き受けなくてはならない。もしそうでなければ、歴史というものの意味がどこにあるだろう？

父は戦場での体験についてほとんど語ることがなかった。自らが手を下したことであれ、あるいはただ目撃したことであれ、おそらく思い出したくもなく、話したくもなかったのだろう。しかしこのことだけは、たとえ双方の心に傷となって残ったとしても、何らかの形で、血を分けた息子である僕に言い残し、伝えておかなくてはならないと感じていたのではないか。もちろんこれは僕の推測に過ぎないが、そんな気がしてならない。

第二十連隊は１９３９年８月20日に、中国から日本に引き上げている。そして父はそのまま一年間の兵役を終え、西山専門学校に復学している。その直後の9月1日にはドイツ軍がポーランドに侵攻し、ヨーロッパで第二次世界大戦が勃発《ぼっぱつ》している。世界は激動の時期を迎えている。

当時、徴兵を受けた現役兵の在営期間は二年だが、父の場合はなぜか一年で兵役を終えている。どうしてなのか、その理由は僕にはわからない。事実上現役の学生であったということも、理由のひとつになっているのかもしれない。

兵役を終えて復学してからも、父はやはり熱心に俳句を詠み続けていたようだ。

「鹿寄せて唄ひてヒトラユーゲント」（40年10月）

これはたぶんヒットラー・ユーゲントが日本を友好訪問したときのことを、句に詠んだのだろう。当時ナチス・ドイツは日本の友邦であり、ヨーロッパで戦争を有利なうちに戦っており、一方の日本はまだ対英米戦争には踏み切っていなかった。僕はなぜかこの句が個人的には好きだ。歴史のひとつの光景が――小さな片隅の光景が――ちょっと不思議な、あまり普通ではない角度で切り取られている。遠方にある血なまぐさい戦場の空気と、鹿たち（おそらくは奈良の鹿なのだろう）の対比が印象的だ。いっときの日本訪問を楽しんでいたヒットラー・ユーゲントの青年たちも、その後あるいは厳冬の東部戦線で果てていったのかもしれない。

「一茶忌やかなしき句をばひろひ読む」（40年11月）

この句にも心惹かれるものがある。そこにあるのはどこまでも静謐《せいひつ》な、穏やかな世界だ。しかしその水面が鎮まるまでにはそれなりの時間が必要だったのだろう。そういうどことなく不穏な混乱の余韻のようなものが、句の背後にうかがえる。

父はもともと学問の好きな人だった。勉強をすることが生き甲斐のようなところもあった。文学を愛好し、教師になってからもよく一人で本を読んでいた。家の中にはいつも本が溢《あふ》れていた。僕が十代にして熱心な読書家になったのにも、あるいはその影響があったかもしれない。学生時代の成績もかなり良かったようで、１９４１年３月に西山専門学校を優等で卒業し、そのあと京都帝国大学文学部文学科に入学している。もちろん入学試験を受けたのだろうが、仏教教育と修行に明け暮れる仏教系専門学校から京都帝国大学に移るのは、決して簡単なことではなかったはずだ。

うちの母親は「あなたのお父さんは頭の良い人やから」と僕によく言っていた。父の頭が実際にどれくらい良かったか、僕にはわからない。そのときもわからなかったし、今でもわからない。というか、そういうものごとにとくに関心もない。たぶん僕のような職業の人間にとって、人の頭が良いか悪いかというのは、さして大事な問題ではないからだろう。そこでは頭の良さよりはむしろ、心の自由な動き、勘の鋭さのようなものの方が重用される。だから「頭の良し悪し」といった価値基準の軸で人を測ることは——少なくとも僕の場合——ほとんどない。そういうところはアカデミックな世界とはかなり違っている。しかしそれはともかく、父の学業成績が終始優秀であったことだけは間違いなかったようだ。

それに比べると残念ながら（というべきだろう）、僕には学問というものに対する興味がもともとあまりなく、学校の成績は終始一貫してあまりぱっとしないものだった。好きなことはどこまでも熱心に追求するが、好きになれないものにはほとんど関心が持てないという性格は、今も昔もまったく変わらない。だから当然のことながら、小学校から高校に至るまでの僕の学業成績は、それほどひどくはなかったものの、決して周りの人々を感心させられるような代物ではなかった。

そしてそのことは、父親を少なからず落胆させたようだった。自らの若い時

代と比べて、「こんな平和な時代に生まれて、何にも邪魔されず、好きなだけ勉強できるというのに、どうしてもっと熱心に勉学に励まないのか」と、僕の勤勉とは言いがたい生活態度を見て、おそらく口惜しく思っていたことだろう。彼は僕にトップ・クラスの成績をとってもらいたかったのだと思う。そして自分が、時代に邪魔をされて歩むことのできなかった人生を、自分に代わって、僕に歩んでもらいたかったのだと思う。そのためにはどんな犠牲も惜しまないという気持ちでいたはずだ。

でも僕にはそのような父の期待に十分こたえることができなかった。身を入れて勉強をしようという気持ちにどうしてもなれなかったからだ。学校の授業はおおむね退屈だったし、その教育システムはあまりに画一的、抑圧的だった。そのようにして父は慢性的な不満を抱くようになり、僕は慢性的な痛み（無意識的な怒りを含んだ痛みだ）を感じるようになった。僕が三十歳にして小説家としてデビューしたとき、父はそのことをとても喜んでくれたようだが、その時点では我々の親子関係はもうずいぶん冷え切ったものになっていた。

　僕は今でも、この今に至っても、自分が父をずっと落胆させてきた、その期待を裏切ってきた、という気持ちを——あるいはその残滓《ざんし》のようなものを——抱き続けている。ある程度の年齢を越えてからは「まあ、人にはそれぞれに持ち味というものがあるから」と開き直れるようになったけれど、十代の僕にとってそれは、どうみてもあまり心地よい環境とは言えなかった。そこには漠然とした後ろめたさのようなものがつきまとっていた。今でもときどき学校でテストを受けている夢を見る。そこに出されている問題を、僕はただの一問も解くことができない。まったく歯が立たないまま時間は刻々と過ぎていく。もし

そのテストを落としたら、僕はとても困った状況に置かれることになるというのに……。そういう夢だ。そしてだいたい嫌な汗をかいて目を覚ますことになる。

でも当時の僕には、机にしがみついて与えられた課題をこなし、試験で少しでも良い成績をとることよりは、好きな本をたくさん読み、好きな音楽をたくさん聴き、外に出て運動をし、友だちと麻雀を打ち、あるいはガール・フレンドとデートをしていたりする方が、より大事な意味を持つことがらに思えたのだ。もちろんそれで正しかったんだと、今になってみれば確信をもって断言できるわけだが。

おそらく僕らはみんな、それぞれの世代の空気を吸い込み、その固有の重力を背負って生きていくしかないのだろう。そしてその枠組みの傾向の中で成長していくしかないのだろう。良い悪いではなく、それが自然の成りたちなのだ。ちょうど今の若い世代の人々が、親たちの世代の神経をこまめに苛立たせ続けているのと同じように。

話を元に戻そう。

父は1941年春に西山専門学校を卒業したあと、その年の9月末に臨時召集を受けている。そして10月3日より再び兵役に就くことになる。帰属部隊は歩兵第二十連隊だ。そしてその後、輜重兵第五十三連隊に編入されることになる。

1940年に第十六師団が満州に永久駐屯することになり、そのかわりとして留守第十六師団を基幹として第五十三師団が京都師管で編成され、輜重兵第

文藝春秋の新刊

4

2020

「猫の置きもの」©大高

●国民的ベストセラーが、岡田准一主演で映画化！

燃えよ剣〈新装版〉

新選組を創り上げた土方歳三は、最後まで激しく時流に抵抗し、滅びゆく幕府に殉じた。稀代の男の生涯を、巧みな物語展開で描く傑作

◆4月6日
新書判
並製カバー装
1400円
391194-6

司馬遼太郎

●「幻の東京五輪」に潜む謎に、十津川が迫る！

東京オリンピックの幻想

東京五輪の警備調査などを担当する十津川は、昭和十五年の「幻の東京五輪」を調べることに。失敗の研究を通じて見えてきたものとは

◆4月8日
新書判
並製カバー装
980円
391190-8

西村京太郎

●身命を賭し、自らの声で日本を鼓舞した男がいた

空の声

玉音放送を担った伝説のアナウンサー和田信賢は、大病を患いながらヘルシンキへ渡り、五輪を中継。

◆4月10日
四六判
並製カバー装
1700円
391189-2

◆発売日、定価は変更になる場合があります。
表示した価格は本体価格です。これに消費税がかかり定価となります。

江戸の夢びらき

松井今朝子

で刺殺されたカリスマ。謎多き初代團十郎の生涯を元禄の狂乱と江戸歌舞伎の胎動とともに描き切る

◆4月24日
四六判
上製カバー

1900円
391196-0

故郷喪失の時代

小林敏明

●失われた故郷は、もう戻らない――

3・11で露呈された現代日本の拠り所のなさ。遠くドイツ在住の筆者が、近代日本が失ったものを豊富な文学テキストから解き明かす

◆4月27日
四六判
上製カバー装

2300円
391197-7

●ぼくはこのすぐれた映画を見て溜め息をつく

また、本音を申せば

小林信彦

「この世界の片隅に」を観ては疎開体験や終戦の日を書き残し、太宰や安吾を読み直したこの三年間。「週刊文春」コラム第二十弾！

◆4月22日
四六判
上製カバー装

2200円
391198-4

まほうのおまめ だいずのたび

松本春野　辰巳芳子監修

●米と大豆さえあれば、日本人は生き延びます

豆腐、味噌、醬油…日本人の食卓を支える大豆。その百粒を播いて育てる子供を増やしたい。辰巳芳子監修、親子で楽しく学ぶ食育絵本

◆4月20日
ＡＢ判
上製カバー装

1500円
391199-1

うつ病九段〈コミック版〉

原作・先崎学　漫画・河井克夫

●家族でカラオケを楽しんだ翌朝、私は突然うつ病になっていた

うつ病と診断された先崎九段。入院生活を経て、自分と将棋を取り戻すまでの一年間を描いた話題の手記を完全コミカライズ！

◆4月24日
Ａ５判
並製カバー装

1000円
391200-4

人気キャラクター、〃今小町〃おこんの若き日

おこん春暦

新・居眠り磐音

佐伯泰英

730円
791468-4

私はまだ、悲しみも喜びも知らない……少年は花を活け、生きることを学ぶ

嵯峨野花譜

葉室 麟

670円
791469-1

殺人の連鎖を止められるのか!? 時間と場所が交錯する傑作長篇ミステリー

殺人者は西に向かう

十津川警部シリーズ

西村京太郎

630円
791470-7

もし、あの夜、あのホテルに泊まらなければ――

愛の宿

花房観音

700円
791476-9

七〇&八〇年代の光景と苦い記憶――涙腺決壊の物語

幸せのプチ

朱川湊人

810円
791477-6

ダンディーな若隠居が世を正す。好評シリーズ!

武士の流儀(三)

稲葉 稔

680円
791478-3

大人気シリーズ、第七弾!

小《こ》糠《ぬか》雨《あめ》

新・秋山久蔵御用控(七)

藤井邦夫

700円
791479-0

彩瀬まる

620
79147

俺ぁ、絶対に船頭さなるぞ！
鮪《しび》立《たち》の海
熊谷達也

930円
791472-1

若き科学者たちの情熱がほとばしるエンタメ長編
ブルーネス
伊与原 新

960円
791473-8

血も涙もないリストラ劇への復讐が始まる
ぷろぼの
人材開発課長代理 大岡の憂鬱
楡 周平

790円
791474-5

任侠×グルメ 怒濤の第六弾！
俠《おとこ》飯《めし》6
炎のちょい足し篇
福澤徹三

670円
791475-2

七つの絶品料理を、召しあがれ
注文の多い料理小説集
柚木麻子 伊吹有喜 井上荒野 坂井希久子
中村航 深緑野分 柴田よしき

650円
791481-3

女性にとって「焼き鳥の串の存在」とは？ シリーズ第四十弾！
焼き鳥の丸かじり
東海林さだお

660円
791482-0

出会った若き日から亡くなるまで交わされた百余通
果てなき便り
津村節子

720円
791483-7

世界のハジッコで○○をつぶやく!? オタク女子の真骨頂エッセイ！
ハジの多い人生
岡田 育

760円
791484-4

学藝ライブラリー
五代将軍綱吉の治世に生きた大名の実像と生存戦略
名門譜代大名・酒井忠挙の奮闘
福留真紀

1600円
813086-1

文春新書〈4月の新刊〉
4月20日発売

『反日種族主義』日本の読者のための公式副読本
反日種族主義と日本人
久保田るり子
880円
661258-1

平和の祭典の裏で蠢く五輪貴族たちの錬金術
オリンピック・マネー
誰も知らない東京五輪の裏側
後藤逸郎
800円
661249-9

この国のアイデンティティをどこに見るか?
皇国史観
片山杜秀
820円
661259-8

健康な老後のためには、いまから備えるべし!
40歳からの健康年表
荒井秀典編
900円
661260-4

文藝春秋 BOOKS
あなたの読書欲を満たす話題満載

「文藝春秋BOOKS」では書籍の内容紹介、新刊の発売情報など、弊社刊行の書籍情報をいち早くお届けします。
また、文庫解説や著者インタビューといった読み物もお楽しみ頂けます。

[ご注文について]
◎新刊の定価下の7桁の数字は書名コードです。書店にご注文の際は、頭に文藝春秋の出版社コード[978-4-16]をお付けください。
◎お近くの書店にない場合は、ブックサービスへご注文ください。
☎0120-29-9625(9:00〜18:00)土・日・祝日もご注文承ります。

●表示した価格は本体価格です。これに消費税がかかり定価となります。

文藝春秋
〒102-8008 東京都千代田区紀尾井町3-23 ☎03-3265-1211
http://www.bunshun.co.jp

五十三連隊もその師団に所属する輜重兵部隊となる（ちなみにこの輜重兵第五十三連隊には、水上勉氏も戦争末期に属しておられたということだ）。おそらくはそのような急ぎの編成替えに伴う混乱のせいで、父は福知山の部隊に応召することになったのだろうが、そのときの話を聞かされたために、僕は第一回目の召集のときからずっと父が福知山で勤務していたと思い込んでいたようだ。

この第五十三師団は戦争末期の1944年にビルマに派遣され、インパール作戦に参加し、同年12月から翌年3月にかけて英連邦軍を相手におこなわれたイラワジ会戦で、ほとんど全滅に近い状態に追い込まれることになる。輜重兵第五十三連隊基幹も師団に帯同し、この激しい戦闘に参加している。

父の俳句の師であった俳人、鈴鹿野風呂《のぶろ》氏（1887―1971　高濱虚子に学んだ、「ホトトギス」同人。京都に「野風呂記念館」がある）の「俳諧日誌」の1941年9月30日の項にこのような記述がある。

〈戻りには、又降る雨にぬかるみを踏む（中略）。戻れば千秋軍事公用とのこと。をのこわれ二たび御盾に国の秋　千秋〉

「軍事公用」とは召集通知郵便を受け取ったということだろう。俳句の意味は「男子として私は、この国の大事にあたって、二度盾となる」。当時の状況として、このような愛国的な句を詠むしかなかったのだろうが、それでもそこには、とくに「二たび」という言葉の裏には、ある種のあきらめの心情がうかがえなくもない。本人はおそらく一学究として静かな生活を送りたかったのだろうが、時代の激しい流れはそのような贅沢を彼に許してはくれなかった。

ところが意外な展開というべきか、召集を受けてから僅か二ヶ月後、11月30日に父は唐突に召集解除になっている。つまり兵役を外れ、民間に戻ってよろしいということだ。11月30日といえば、実に真珠湾奇襲攻撃の八日前のことである。もし開戦に至ったあとであれば、そのような寛大な措置がとられることはまずあり得なかっただろう。

僕が父から聞いた話では、彼は一人の上官のおかげで命を助けられたということだった。当時上等兵であった父はある上官に呼ばれ、「君は京都帝国大学で学ぶ身であり、兵隊であるよりは、学問に励んだ方がお国のためにもなるだろう」と言われ、軍務から外されたということだ。そんなことが一人の上官の裁量でできるものかどうか、僕にはよくわからない。だいたい理系ではなく文系の父を大学に戻し、そこで俳句の勉強をさせたところで、それが「お国のためになる」とは（よほど長い目で我慢強く見ない限り）とても思えない。父親はあえて語らなかったけれど、たぶんそこにはもう少し細かないきさつがあったのだろう。しかしいずれにせよ、彼はそこで軍務をとかれ自由の身になっている。

……というのが子供の頃に僕が聞かされた――聞かされたと記憶している――話だ。興味深いエピソードではあるが、残念ながら事実にはそぐわない。京都大学の「生徒一覧」を調べてみると、父が京都大学の文学科に入学したのは1944年10月であるからだ。となると「君は京都帝国大学で学ぶ身であり」という話は通らなくなってくる。たぶん僕の記憶がどこかで混濁しているのだろう。あるいは僕はその話を母から聞かされて、母の記憶の方に思い違いがあったのかもしれない。しかし今となってはその是非を確かめることもかなわない。現在の母の記憶はほとんど完璧な混濁の中にあるからだ。

いずれにせよ記録によれば、父は1944年10月に京都帝国大学文学科に入学し、1947年9月に卒業している（戦前の大学は三年制で、戦時下の特例で10月入学、9月卒業の学生もいた）。1941年秋に召集解除になってから、京都大学に入学するまでの期間、二十三歳から二十六歳までの三年間、彼がどこで何をしていたのか、僕にはわからない。おそらく実家の寺の手伝いをしながら、俳句を作ったり、大学に入るための勉強をしたりしていたのだろうというのが僕の想像だが、実際のところはわからない。これもまたひとつの謎になっている。

父親が召集解除を受けて離隊したすぐあとに太平洋戦争の火ぶたが切られ、当時満州に駐屯していた第十六師団は輸送船に乗せられてフィリピン攻撃に向かうことになる。そして第二十連隊は1941年12月24日に、ルソン島東部のラモン湾に敵前上陸を試み、そこで米比軍の激しい抵抗にあっている。このときの戦闘で、ベルリン・オリンピック棒高跳で二位と三位を西田修平選手と分け合った大江季雄（少尉）が、胸に銃弾を受けて戦死した。大江は舞鶴の出身で、たまたま居合わせた兄の軍医の腕の中で息を引き取った。

そのような多大な犠牲を払ったのちにルソン島に上陸した師団は、すぐに要衝バターン半島攻略戦に出動を命じられたのだが、圧倒的に優勢な米軍の火力の前に壊滅的打撃を被ることになった。米軍はマニラ決戦を避けてその都市を

「非武装都市」として日本軍に無抵抗に明け渡し、九個師団、八万の兵力を温存したまま半島の山中に立てこもったのだ。参謀本部が、バターン半島の防衛線に緊密に配備されたその米軍戦力を過小評価し、装備不十分なまま戦闘部隊を前線に送り込んだために、悲惨な結果がもたらされた。彼らは密林の中で逆に包囲され、激しい集中砲火に晒され、最新鋭の戦車群に蹂躙された。1942年2月15日には歩兵第二十連隊は、連隊長以下378名に過ぎなくなっていたと、「福知山連隊史」に記されている。別の文献には師団は「ほぼ全滅した」と簡潔に書かれている。

「(前略)情況判断を誤り、作戦上のミスに空しく散った幾多のわが戦友が、射つに弾丸なく、食ふに糧なく、歩兵は陣地を枕とし、砲手は砲を枕として護国の鬼と化したバタァン半島こそ、福知山聯隊を育てた郷土の人々は永久に忘れることが出来ないであろう」と一人の兵士は書き残している。

このように困難をきわめたバターン攻略戦が同年4月初めにようやく終了した後、「ほぼ全滅した」十六師団は新たな補充兵によって再編成され、防衛部隊として首都マニラに駐屯することになった。そしてフィリピン各地で主にゲリラ討伐の任務にあたっていたのだが、戦局が悪化した1944年4月、マニラ南方にある要衝レイテ島に送られ、当地防衛の中心を担うことになる。

そして同年の10月20日、アメリカ軍の大規模な上陸部隊と全面的交戦状態に入り、同月の26日にほぼ壊滅させられる。米軍のフィリピン侵攻をルソンで防御するか、レイテで防御するかで現地軍と大本営の間に激しい意見対立があり、急ごしらえでレイテに配置された部隊は中途半端な態勢のまま戦闘に突入したことが、その敗退の大きな原因とされている。

第十六師団は激しい艦砲射撃と、上陸軍との水際での戦闘で人員の半数を失い、その後内陸部に退いて抵抗をおこなったが、補給路を完全に断たれ、後方からゲリラに襲撃され、ばらばらに敗残兵となった多くの兵士が飢餓とマラリアのために倒れていった。とりわけ飢餓は激しく、人肉食もあったと言われている。勝ち目のない、類を見ないほど悲惨きわまりない戦いであり、当初1万8000名を数えた十六師団の生存者は、僅か580名に過ぎなかった。戦死率は実に96パーセントを超えている。まさに玉砕だ。つまり福知山歩兵第二十連隊は戦争の初期と末期に、二度「ほぼ全滅」を経験していることになる。悲運の部隊と言ってもいいだろう。

父が「命拾いをした」と述べたのはおそらく、第五十三師団の一員として戦争末期に、悲惨をきわめたビルマ戦線に送られずにすんだことを指しているのだろう。しかしバターンやレイテで屍《しかばね》となっていった、第十六師団のかつての仲間の兵士たちのことも、やはり彼の頭にはあったに違いない。十分あり得る仮定だが、もし父が違う運命をたどり、かつて所属していた第十六師団の部隊と共にフィリピンに送られていたなら、どちらかの戦場でまず間違いなく——バターンでなければレイテで、レイテでなければバターンで——戦死を遂げていただろうし、そうなればもちろん僕もこの世界には存在していなかったことになる。おそらく「幸運なことに」と言うべきなのだろうが、しかし自分一人が命を取りとめ、かつての仲間の兵隊たちがそうして遠くの南方の戦場で空しく命を落としていったことは（その遺骨のうちには、今でも野ざらしになっているものも少なからずあるだろう）、父にとって大きな心の痛みとなり、切実な負い目となったはずだ。そのことを考えると、父が毎朝、長い時間じっと目を閉じ、心を込めてお経を唱えていたことがあらためて腑に落ちる。
ちなみに京都大学の学生であった時代にも、父はやはり俳句に打ち込んでおり、「京大ホトトギス会」の同人として熱心に活動していたようだ。「京鹿子」という俳句の雑誌の発行にも関わっていたらしく、うちの押し入れに「京鹿子」のバックナンバーが山ほど入っていたことを覚えている。

父は京都大学入学後、昭和20年6月12日にもう一度召集を受ける。これで三度目の軍務になる。しかし今回所属する部隊は第十六師団でもなく、そのあとに作られた第五十三師団でもない。そのどちらの師団も共に壊滅し、もはやどこにも存在しない。今回彼が上等兵として配属されたのは中部143部隊という国内勤務の部隊で、どこに駐屯していたのかは不明だが、自動車部隊ということなので、やはり輜重関係のユニットなのだろう。しかしその二ヶ月後の8月15日に終戦となり、10月28日に正式に兵役を解かれ、再び大学に戻っている。いずれにせよ、父はなんとかその大きな悲惨な戦争を生き延びることができたわけだ。そのときには二十七歳になっていた。

僕が生まれたのは昭和24年、1949年の1月だ。彼は昭和22年9月に学士試験に合格し、京都大学文学部の大学院に進んでいたのだが、もう年も食っていたし、結婚し、僕が誕生したことで学業を途中で断念せざるを得なくなり、生活費を得るために、西宮市にある甲陽学院という学校の国語教師の職に就いた。父と母がどういう縁で結婚をすることになったのか、詳しいことは知らない。二人の住んでいる場所は京都と大阪と離れていたから、おそらく誰か共通の知人の紹介のようなことがあったのだろう。母には結婚を念頭に置いている相手（音楽教師だった）がいたのだが、その相手は戦争で亡くなったということだ。そして母の父（僕の祖父だ）が持っていた船場の店は、米軍の空襲でそっくり焼けてしまった。彼女はグラマン艦載機から機銃掃射を受け、大阪の街を逃げ回ったことをずっと記憶していた。父の場合と同じように、戦争は母の人生をもまた大きく変えてしまったのだ。しかしそのおかげで——というか——僕がこうしてここに存在しているわけなのだが。

とにかく僕は京都市伏見区で生を受けた。しかし物心ついたときには兵庫県西宮市夙川に引っ越していた。そして十二歳のときに隣の芦屋市に移っている。そんなわけで生まれはいちおう京都になっているが、僕自身の実感としては、そしてまたメンタリティーからすれば、阪神間の出身ということになる。同じ関西といっても、京都と大阪と神戸（阪神間）とでは、言葉も微妙に違うし、ものの見方や考え方もそれぞれに違っている。そういう意味では僕の風土的感受性は、京都生まれ育ちの父とも、大阪生まれ育ちの母ともまた別の領域に属していると言っていいかもしれない。

現在九十六歳で存命の母も国語教師で、大阪の樟蔭女子専門学校国文科を出て、母校（たぶん樟蔭高等女学校だと思う）で教えていたということだが、結婚を機に職を辞した。ちなみに1964年に田辺聖子さんが芥川賞をとられたときに、新聞を見て、「ああ、この子よう知ってるわ」と母が言っていたことを覚えている。田辺さんも樟蔭女子専門学校の出身なので、あるいはどこかで

縁があったのかもしれない。

母の語るところによれば、若い頃の父の生活はかなり荒れていたということだ。戦争の厳しい体験がまだ身体の中に残っていただろうし、人生が自分の思いとは違う方向に流されてしまったというフラストレーションも、それなりにきつかったに違いない。よく酒を飲み、ときには生徒を殴ったりもしたらしい。しかし僕が成長するにつれて、その気性も行動も次第に温厚なものになっていったようだ。ときどき陰鬱に、不機嫌になり、酒を飲み過ぎることもあったが(そしてそのことで母はしばしば文句を言っていたが)、息子として家庭内で嫌な思いをさせられたという記憶はほとんどない。たぶん様々な思いが、彼の心の中で静かにひっそりと沈殿し、それなりのおさまりを見せていったのだろう。

教師としては、ごく公平に見て、かなり優秀な教師であったと思う。父が亡くなったときには、とてもたくさんの教え子が集まってくれて、僕もその数に少なからず驚かされた。どうやらそれなりに生徒たちに慕われてはいたようだ。父の教え子には医師になった人が多く、おかげで闘病生活のあいだずいぶん丁寧に親身に面倒を看ていただくこともできた。

ちなみに母も教師としてはけっこう優秀であったらしく、僕を産んで専業主婦になってからも、昔の教え子たち（といっても母とはあまり年齢は変わらないのだが）がよくうちに遊びに来ていた。僕自身はなぜかあまり教師には向いていないようだが。

子供時代、父について覚えていること。それはよく一緒に映画を観に行ったことだ。日曜日の朝起きて、新聞を広げて、近くの映画館でどんな映画をやっているかをチェックし(今はどうなのか知らないが、その当時の西宮には何軒かの映画館があった)、面白そうなものがあれば自転車に乗って観に行った。そのほとんどはアメリカ映画で、そのほとんどは西部劇か戦争映画だった。父は自分の戦争の体験談は口にしなかったけれど、戦争映画を見ることにとくに抵抗はないようだった。だから1950年代に公開された戦争映画と西部劇はわりによく覚えている。ジョン・フォードの映画はほとんど見たと思う。溝口健二の『赤線地帯』や『新・平家物語』や豊田四郎の『濹東綺譚』なんかは、「子供向きの映画ではない」という理由で、父と母が二人だけで観に行って、僕は家で留守番をさせられていたことを覚えている(どこが子供向きではないのか、その当時はよくわからなかったけれど)。

甲子園球場によく一緒に野球の試合も見に行った。父は死ぬときまで熱心な阪神タイガース・ファンで、阪神が負けるとひどく不機嫌になった。僕が途中でタイガースを応援するのをやめてしまったのは、そのせいもあったかもしれない。

教師になってもまだ、父は俳句に対する情熱を持ち続けていた。机の上にはいつも古い革装丁の季語集が置かれ、暇があるとそのページを丁寧に繰《く》っていた。父にとっての季語集は、キリスト教徒にとっての聖書のような大事な存在だったかもしれない。句集も何冊か出していたが、今は見当たらない。それらの本はどこにいってしまったのだろう？　学校では生徒たちを集めて、俳句の同好会のようなものを主宰し、俳句に興味を持つ生徒たちを指導し、句会も開いていた。まだ小学生の僕も何度かそういうところに連れて行かれたことがある。一度ハイキングがてら、滋賀の石山寺《いしやまでら》の山内にある、芭蕉がしばらく滞在していたと言われる山中の古い庵を借りて、句会を催したことがあった。どうしてかはわからないが、その昼下がりの情景を今でもくっきりとよく覚えている。

しかし自分が、その人生において果たすことのできなかったことを、一人息子である僕に託したいという思いが、やはり父の中にはあったのだろう。僕が成長し、固有の自我を身につけていくに従って、僕と父親とのあいだの心理的な軋轢《あつれき》は次第に強く、明確なものになっていった。そして我々はどちらも、性格的にかなり強固なものを持っていたのだと思う。お互い、そう易々とは自分というものを譲らなかったということだ。自分の思いをあまりまっすぐ語れないということにかけては、僕らは似たもの同士だったのかもしれない。良くも悪くも。

そのような父と子の葛藤の具体的な側面については、僕としてはあまり多くを語りたくないので、ここではごく簡単に触れるだけにする。細かく話しだすとかなり長い、そして生々しい話になってしまうから。でも結論だけを言うなら、僕が若いうちに結婚して仕事を始めるようになってからは、父との関係はすっかり疎遠になってしまった。とくに僕が職業作家になってからは、いろいろとややこしいことが持ち上がり、関係はより屈折したものになり、最後には絶縁に近い状態となった。二十年以上まったく顔を合わせなかったし、よほどの用件がなければほとんど口もきかない、連絡もとらないという状態が続いた。

僕と父とでは育った時代も環境も違うし、考え方も違うし、世界に対する見方も違う。当たり前のことだ。人生のある時点で、そういうところからあらためて関係の再編成みたいなことに取り組んだなら、話はまた少し違っていたかもしれない。でも僕としては、そのような新たな接点を手間暇をかけて探し求めるよりは、とにかく当面は自分のやりたいことに力と意識を集中させたかった。僕はまだ若かったし、やらなくてはならないことがたくさん控えていたし、自分の目指すべき目標がとても明確に頭にあったからだ。血縁のややこしいしがらみみたいなものより、そちらの方が僕にとっては遥かに重要な案件だった。そして僕にももちろん、自分が護らなくてはならないささやかな自分の家庭があった。

父とようやく顔を合わせて話をしたのは、彼が亡くなる少し前のことだった。そのとき僕は六十歳近くになって、父は九十歳を迎えていた。彼は京都の西陣

にある病院に入っていた。重い糖尿病を患い、身体の各部に癌が転移し、どちらかといえばでっぷりした体格の人だったのだけれど、ほとんど見る影もなく痩せこけ、まるで別人のように見えた。そこで父と僕は——彼の人生の最期の、ほんの短い期間ではあったけれど——ぎこちない会話を交わし、和解のようなことをおこなった。考え方や、世界の見方は違っても、僕らのあいだを繋ぐ縁のようなものが、ひとつの力を持って僕の中で作用してきたことは間違いのないところだった。父の痩せた姿を前にして、そのことを否応なく感じさせられた。

たとえば僕らはある夏の日、香櫨園の海岸まで一緒に自転車に乗って、一匹の縞柄の雌猫を棄てに行ったのだ。そして僕らは共に、その猫にあっさりと出し抜かれてしまったのだ。何はともあれ、それはひとつの素晴らしい、そして謎めいた共有体験ではないか。そのときの海岸の海鳴りの音を、松の防風林を吹き抜ける風の香りを、僕は今でもはっきり思い出せる。そんなひとつひとつのささやかなものごとの限りない集積が、僕という人間をこれまでにかたち作ってきたのだ。

父の死後、自分の血筋をたどるようなかっこうで、僕は父親に関係するいろんな人に会い、彼についての話を少しずつ聞くようになった。

こういう個人的な文章がどれだけ一般読者の関心を惹くものなのか、僕にはわからない。しかし僕は手を動かして、実際に文章を書くことを通してしかものを考えることのできないタイプの人間なので（抽象的に観念的に思索することが生来不得手なのだ)、こうして記憶を辿り、過去を眺望し、それを目に見える言葉に、声に出して読める文章に置き換えていく必要がある。そしてこうした文章を書けば書くほど、それを読み返せば読み返すほど、自分自身が透明になっていくような、不思議な感覚に襲われることになる。手を宙にかざしてみると、向こう側が微かに透けて見えるような気がしてくるほどだ。

もし父が兵役解除されずフィリピン、あるいはビルマの戦線に送られていたら……もし音楽教師をしていた母の婚約者がどこかで戦死を遂げなかったら……と考えていくととても不思議な気持ちになってくる。もしそうなっていれば、僕という人間はこの地上には存在しなかったわけなのだから。そしてその結果、当然ながら僕というこの意識は存在せず、従って僕の書いた本だってこの世界には存在しないことになる。そう考えると、僕が小説家としてここに生きているという営み自体が、実体を欠いたただの儚《はかな》い幻想のように思えてくる。僕という個体の持つ意味あいが、どんどん不明なものになってくる。手のひらが透けて見えたとしてもとくに不思議はあるまい。

もうひとつ子供時代の、猫にまつわる思い出がある。これは前にどこかの小説の中に、エピソードとして書いた記憶があるのだが、もう一度書く。今度はひとつの事実として。

我々は白い小さな子猫を飼っていた。どうしてその子猫がうちに飼われることになったのか、それについての記憶はない。僕の子供時代、いろんな猫がうちにやって来ては去って行ったから。でもそれがとてもきれいな毛並みの、可愛い子猫だったことはよく覚えている。

ある夕方、僕が縁側に座っていると、僕の目の前でその猫はするするすると松の木を上っていった（うちの庭にはとても立派な一本の松の木が生えていた）。まるで自分の勇敢さ、機敏さを僕に自慢するみたいに。子猫は驚くほど軽快に幹を上って、ずっと上の枝の中に姿を消した。僕はじっとその光景を眺めていた。しかしそのうちに、子猫は助けを求めるような情けない声で鳴き始めた。高いところに上ってはみたものの、怖くて下に降りられなくなったのだろう。猫は木を上るのは上手だが、降りるのは不得意だ。しかし子猫にはそんなことはわからない。夢中で駆け上ったものの、自分がどれくらい高いところに来てしまったかを知って、きっと足がすくんでしまったのだろう。

僕は松の木の下に立って見上げたが、猫の姿を目にすることはできなかった。ただか細い声が聞こえてくるだけだ。僕は父に来てもらって、事情を説明した。

なんとか子猫を助けてやれないものか。しかし父にも手のうちようはなかった。そんな高いところには梯子だって届かない。そのまま子猫は助けを求めて必死に鳴き続け、日はだんだん暮れていった。やがて暗闇がその松の木をすっぽりと覆った。

子猫がそれからどうなったのか、僕にはわからない。翌日の朝起きたとき、もう鳴き声は聞こえなくなっていた。僕は松の木の上の方に向けて、猫の名前を何度か呼んでみたが、返事はなかった。そこにはただ沈黙があるだけだった。

その猫は夜のうちに下になんとか降りてきて、そのままどこかに行ってしまったのかもしれない(どこに?)。あるいは下に降りられないまま、松の木の枝の中で疲弊し、声も出なくなり、時間をかけて衰弱して死んでいたのかもしれない。僕は縁側に座ってその松の木を見上げながら、よく想像したものだ。

その枝に小さな爪を立て、必死にしがみついたまま、死んでひからびてしまった小さな白い子猫のことを。

それが僕の子供時代の、猫にまつわるもうひとつの印象的な思い出だ。そしてそれはまだ幼い僕にひとつの生々しい教訓を残してくれた。「降りることは、上がることよりずっとむずかしい」ということだ。より一般化するなら、こういうことになる——結果は起因をあっさりと呑み込み、無力化していく。それはある場合には猫を殺し、ある場合には人をも殺す。

いずれにせよ、僕がこの個人的な文章においていちばん語りたかったのは、ただひとつのことでしかない。ただひとつの当たり前の事実だ。

それは、この僕はひとりの平凡な人間の、ひとりの平凡な息子に過ぎないと

いう事実だ。それはごく当たり前の事実だ。しかし腰を据えてその事実を掘り下げていけばいくほど、実はそれがひとつのたまたまの事実でしかなかったことがだんだん明確になってくる。我々は結局のところ、偶然がたまたま生んだひとつの事実を、唯一無二の事実とみなして生きているだけのことなのではあるまいか。

言い換えれば我々は、広大な大地に向けて降る膨大な数の雨粒の、名もなき一滴に過ぎない。固有ではあるけれど、交換可能な一滴だ。しかしその一滴の雨水には、一滴の雨水なりの思いがある。一滴の雨水の歴史があり、それを受け継いでいくという一滴の雨水の責務がある。我々はそれを忘れてはならないだろう。たとえそれがどこかにあっさりと吸い込まれ、個体としての輪郭を失い、集合的な何かに置き換えられて消えていくのだとしても。いや、むしろこう言うべきなのだろう。それが集合的な何かに置き換えられていくからこそ、と。

僕は今でもときどきその夙川の家の、庭に生えていた高い松の木のことを考える。その枝の上で白骨になりながら、消え損なった記憶のようにまだそこにしっかりとしがみついているかもしれない子猫のことを思う。そして死について考え、遥か下の、目の眩むような地上に向かって垂直に降りていくことのむずかしさについて思いを巡らす。

あとがき

「小さな歴史のかけら」

亡くなった父親のことはいつか、まとまったかたちで文章にしなくてはならないと、前々から思ってはいたのだが、なかなか取りかかれないまま歳月が過ぎていった。身内のことを書くというのは（少なくとも僕にとっては）けっこう気が重いことだったし、どんなところからどんな風に書き始めれば良いのか、それがうまくつかめなかったからだ。そのことが喉にひっかかった小骨のように、僕の心に長い間わだかまっていた。でも子供時代、父と一緒に海岸に猫を棄てに行ったときのことをふと思い出して、そこから書き出したら、文章は思いのほかすらすらと自然に出てきた。

僕がこの文章で書きたかったことのひとつは、戦争というものが一人の人間――ごく当たり前の名もなき市民だ――の生き方や精神をどれほど大きく深く変えてしまえるかということだ。そしてその結果、僕がこうしてここにいる。父の運命がほんの僅かでも違う経路を辿っていたなら、僕という人間はそもそも存在していなかったはずだ。歴史というのはそういうものなのだ――無数の仮説の中からもたらされた、たったひとつの冷厳な現実。

歴史は過去のものではない。それは意識の内側で、あるいはまた無意識の内側で、温もりを持つ生きた血となって流れ、次の世代へと否応なく持ち運ばれていくものなのだ。そういう意味合いにおいて、ここに書かれているのは個人的な物語であると同時に、僕らの暮らす世界全体を作り上げている大きな物語の一部でもある。ごく微少な一部だが、それでもひとつのかけらであるという事実に間違いはない。

でも僕としてはそれをいわゆる「メッセージ」として書きたくはなかった。歴史の片隅にあるひとつの名もなき物語として、できるだけそのままの形で提示したかっただけだ。そしてかつて僕のそばにいた何匹かの猫たちが、その物語の流れを裏側からそっと支えてくれた。

短い文章なので、どのような形にして出版すればいいのか、ずいぶん迷ったのだが、結局独立した一冊の小さな本として、イラストレーションをつけて出版することに決めた。内容や、文章のトーンなどからして、僕の書いた他の文章と組み合わせることがなかなかむずかしかったからだ。絵に関しては、台湾出身の若い女性イラストレーターである高妍さんの画風に心を惹かれ、彼女にすべてを任せることにした。彼女の絵にはどこかしら、不思議な懐かしさのようなものが感じられる。

様々な事実確認については、雑誌初出の際に「文藝春秋」編集部の援助を得た。深く感謝したい。

2020年2月

村上春樹

初出　「文藝春秋」二〇一九年六月号

村上春樹（むらかみ　はるき）

1949（昭和24）年、京都市生まれ、早稲田大学文学部演劇科卒業。79年『風の歌を聴け』（群像新人文学賞）でデビュー。主な長編小説に『羊をめぐる冒険』（野間文芸新人賞）、『世界の終りとハードボイルド・ワンダーランド』（谷崎潤一郎賞）、『ノルウェイの森』、『ねじまき鳥クロニクル』（読売文学賞）、『海辺のカフカ』、『1Q84』（毎日出版文化賞）、『色彩を持たない多崎つくると、彼の巡礼の年』、『騎士団長殺し』などがある。ほかに、短編集やエッセイ集など多くの著作や翻訳書がある。

高妍（Gao Yan・ガオ イェン）

1996年、台湾・台北生まれ。台湾芸術大学視覚伝達デザイン学系卒業、沖縄県立芸術大学絵画専攻に短期留学。台湾、日本でイラストレーションや漫画を中心に作品を発表している。

猫《ねこ》を棄《す》てる　父親《ちちおや》について語《かた》るとき

二〇二〇年四月二十五日　第一刷発行

著　者　村上春樹《むらかみはるき》
発行者　大松芳男
発行所　株式会社　文藝春秋
〒一〇二‐八〇〇八
東京都千代田区紀尾井町三番二十三号
電話　〇三‐三二六五‐一二一一
印刷所　凸版印刷
製本所　加藤製本

万一、落丁・乱丁の場合は送料当方負担でお取替えいたします。小社製作部宛、お送りください。定価はカバーに表示してあります。本書の無断複写は著作権法上での例外を除き禁じられています。また、私的使用以外のいかなる電子的複製行為も一切認められておりません。

©Haruki Murakami 2020
Printed in Japan

ISBN978-4-16-391193-9